Les éditions la courte échelle inc.
Montréal • Toronto • Paris

Sylvie Desrosiers

Née à Montréal, Sylvie Desrosiers rêvait d'être pilote d'avion. Mais son premier vol devait se terminer en catastrophe, avec une sévère réprimande, au rayon des bonbons chez Eaton.

Déçue de ne pas être riche et noble et de pouvoir ainsi voyager à sa guise, elle a finalement pris le parti d'en rire. Depuis 1979, elle collabore donc au magazine *Croc*. Elle y signe la chronique d'Éva Partout, la rubrique Presse en délire en collaboration avec Jean-Pierre Plante et d'autres textes.

Elle a publié un roman pour adultes, *T'as rien compris, Jacinthe...* (Léméac, 1982) et deux recueils de la *Presse en délire* (Ludcom, 1984-1986). À la courte échelle, elle a publié *La patte dans le sac* et *Qui a peur des fantômes?* Elle donne dans le journalisme, la télé, la cuisine et la marche à pied. Son plus grand rêve: aller un jour s'asseoir au milieu d'une grande plaine africaine et regarder les girafes passer en coup de vent.

Daniel Sylvestre

Daniel Sylvestre a contracté, dès sa plus tendre enfance, un goût incurable pour le dessin. Guitare, jeu d'échecs et bicyclette n'y ont rien changé...

Illustrateur pigiste depuis une quinzaine d'années, il a collaboré à des films d'animation, dessiné des étiquettes de vin, des jeux, etc. Mais on le connaît surtout pour ses illustrations parues dans différents magazines (*Croc*, *L'actualité*, *Châtelaine*, *Vice Versa*) et pour la série *Zunik* publiée à la courte échelle.

Et il croit encore qu'il aurait aimé être Robinson Crusoé.

Les éditions la courte échelle inc.
5243, boul. Saint-Laurent
Montréal (Québec) H2T 1S4

Conception graphique:
Derome design inc.

Révision des textes:
Odette Lord

Dépôt légal, 3e trimestre 1988
Bibliothèque nationale du Québec

Données de catalogage avant publication (Canada)

Desrosiers, Sylvie, 1954-

 Le mystère du lac Carré

 (Roman Jeunesse ; 15)
 Pour les Jeunes.

 ISBN 2-89021-079-0

 I. Sylvestre, Daniel. II. Titre. III. Collection.

PS8557.E87M97 1988 jC843'.54 C88-096240-2
PS9557.E87M97 1988
PZ23.D47My 1988

Sylvie Desrosiers

LE MYSTÈRE DU LAC CARRÉ

Illustrations
de Daniel Sylvestre

Les traces dans la neige étaient immenses

«Un monstre?» se demande le petit Dédé Lapointe. Il reste figé sur place, dans son habit de neige attaché trop serré par sa mère.

— Si j'avais des grands pieds comme ça, la maîtresse m'enverrait toujours faire ses commissions à l'école! dit tout haut le garçon de six ans.

Méfiant, il décide de faire le tour de la trace qu'il a devant lui. Les jambières de nylon épais de son costume font chuick! chuick! chuick! en frottant l'une contre l'autre.

Ses bottes de motoneige s'enfoncent à peine dans la nouvelle neige tombée durant la nuit. Mais l'empreinte a certainement 30 centimètres de profondeur.

Dédé y descend.

Son pied droit a la même dimension que le gros orteil.

À chacun de ses pas, la neige crisse. Çà et là, des branches d'arbres gelés craquent. En ce lendemain de Noël, le soleil brille, signe qu'il fait très froid.

Dédé s'allonge pour mesurer la longueur du pied. Lorsqu'il se relève, on voit tout le contour de son corps et le pompon de sa tuque rouge imprimés sur le sol blanc. Et la trace beaucoup plus grande que lui.

«Ma mère ne me croira jamais», pense-t-il.

Les empreintes se dirigent vers le nord. Vers la montagne qu'on voit de la cuisine de la maison où Dédé habite, tout près.

Il avance, recule, hésite, analyse.

— Soit que c'est un monstre. Dans ce cas-là, je vais me faire dévorer. Soit que c'est encore un tour de mon frère qui veut tout le temps me faire peur. Dans ce cas-là, je vais faire semblant de rien. Soit que c'est un coup monté par la mafia.

Dans ce cas-là, je ferais mieux de rentrer chez nous.

Il en est là dans ses déductions lorsqu'il

entend la voix de sa mère qui l'appelle:

— André! Ton oncle Pierre et ta tante Suzanne sont là! Ils ont un cadeau de Noël pour toi!

Dédé réfléchit. Suivre les traces ou aller chercher son cadeau?

— Je gage qu'elle va encore me donner une genre de camion de bois niaiseux! C'est ça quand on n'a pas d'enfants... Mais elle a peut-être parlé à ma mère cette année... Peut-être qu'elle me donnera un vidéo de film de monstre?

L'espoir d'un Godzilla ou d'un King Kong sur pellicule finit par l'emporter sur un possible monstre en chair et en os. Et Dédé décide de rebrousser chemin.

Mais un profond malaise l'accompagne. Car il a cette impression bizarre que quelqu'un, ou quelque chose, l'observe à son insu. Cela se passe-t-il réellement? Ou Dédé a-t-il simplement trop d'imagination?

Le cadeau de Notdog

Dans un petit salon jonché de papiers d'emballage déchirés, le fameux groupe des trois inséparables se gave de trous de beignes.

Il y a d'abord Jocelyne, encore en pyjama, portant des pantoufles en forme de pieds d'ours. Douze ans, les cheveux bruns bouclés et emmêlés, elle tient un sac de papier brun contenant du sucre à glacer.

En face d'elle, assise à l'indienne, Agnès. Du même âge que Jocelyne, elle a les cheveux de la même couleur que celle du feu de bois qui brûle derrière elle. Silencieuse, Agnès est en ce moment aux prises avec des morceaux de beignes coincés dans les broches qu'elle porte aux dents.

Le dernier mais non le moindre, John, dit l'Anglais, douze ans, toutes ses dents et même un peu plus, croirait-on. Les lunettes encore embuées par le froid du dehors, il tend à Jocelyne les trous de beignes qu'elle plonge dans le sac de sucre. Mâchant son beigne et ses mots, John commence la conversation:

— Mon père m'a donné une lampe en cadeau, un instrument nécessaire à un grand détective, comme il dit.

— Ah bon! Quel rapport y a-t-il entre une lampe et un détective? demande Jocelyne, secouant son sac brun avec énergie.

— Bien, tu sais, un verre qui grossit, là!

— Tu veux dire une loupe, le reprend Agnès, qui s'est donné comme mission de corriger les erreurs de français de John. Puis, enfin débarrassée du petit morceau de pâte qui lui donnait l'impression d'avoir une roche entre les dents, elle enchaîne:

— Moi, ma mère m'a peint une super enseigne pour notre local: L'AGENCE NOTDOG, DÉTECTIVES. C'est écrit en jaune serin sur un fond violet. Ce sera très voyant sur notre ancien stand à patates frites, l'été prochain.

— Super! s'exclame Jocelyne. Moi, j'ai eu mes pantoufles d'ours, que vous pouvez admirer, dit-elle, soulevant ses pieds de terre. Elle passe outre aux sifflements ironiques de John et ajoute:

— J'ai reçu aussi une casquette Sherlock Holmes. Regardez.

Elle se la met sur la tête.

— Elle est un peu grande mais c'est mieux que les barquettes que ma mère m'a offertes, continue John.

— Raquettes, John, pas barquettes, dit Agnès.

— J'aurais aimé mieux des patins neufs. Vous m'auriez vu filer sur le lac là, les filles! Tellement que toute la ligue nationale de hockey aurait eu de la misère à me suivre!

— Faudrait que tu commences par essayer de me dépasser, moi, lance Jocelyne, qui est en effet la patineuse la plus rapide du village.

— Ça va viendre, ça va viendre...

— Venir John, on dit venir, pas viendre.

Le soleil donne des reflets multicolores aux glaçons qui pendent de l'arbre de Noël. Les inséparables continuent à mastiquer en silence. Un geai bleu jette un coup d'oeil à travers la vitre panoramique, très probablement sur les miettes et le sucre étalés par terre autour des enfants.

— C'est bien les vacances de Noël, le ski, le patin; mais je m'ennuie un peu d'un bon mystère à éclaircir, soupire Agnès.

— Oui! Une bonne histoire de fantômes à régler, comme on l'a fait l'été dernier! rappelle Jocelyne, tout excitée à repenser à cette fameuse affaire du week-end de la tombola*.

— *Oh yes!* Il avait vraiment l'air stupéfiant!

— Stupéfait, John, on dit stupéfait, reprend Agnès. C'est vrai que l'hiver, il ne se passe pas grand-chose.

— Les bandits sont peut-être comme les maringouins: ils sortent juste en été, énonce Jocelyne, sérieusement.

John et Agnès n'ont pas le temps de

*Voir *Qui a peur des fantômes?*, chez le même éditeur.

répondre à cette théorie rapprochant bandits et bébites: quelqu'un sonne.

À l'hôte de ces lieux d'aller répondre et Jocelyne glisse vers la porte sur le plancher bien lisse.

— Regardez qui est là! Le Père Noël ne t'a pas ramené avec lui au Pôle Nord? Hum? Quand on n'est pas un cadeau comme toi...

Insulté, Dédé Lapointe pénètre tout de même dans la maison, accueilli par les rires des inséparables. Il enlève ses bottes de motoneige avec difficulté, presque incapable de se pencher avec les huit épaisseurs de vêtements qu'il a sur le dos.

— Ne sois pas fâché! C'était une blague! le rassure Jocelyne, l'aidant à décoincer la fermeture éclair de son anorak.

Il s'avance cérémonieusement, s'assoit par terre. Il les regarde tour à tour. Puis:

— Est-ce que je peux avoir un trou de beigne, moi aussi?

Et Agnès lui en tend trois. Dédé continue:

— Ça te fait des grands pieds ces pantoufles-là, Jocelyne.

— Des pieds de grizzly, mon Dédé. Je parie que tu n'en as jamais vu d'aussi grands.

— J'en ai vu des bien plus grands que ça, répond Dédé.

— Ah oui? Où ça? Tu veux parler des bottes de ton père peut-être? demande Agnès.

— Non. J'ai vu des pieds plus grands que moi.

— Ils sont pas mal petits, tes pieds. Tu es certain que ta mère ne s'est pas trompée de grandeur en les achetant, quand tu es né? demande Jocelyne en ricanant.

— Je ne parle pas de mes pieds, je parle de moi. J'ai vu des traces grandes comme moi.

— Des traces de lapin tu veux dire, continue Jocelyne.

Dédé se lève:

— Si ça ne vous intéresse pas...

— Non non, on dit ça pour t'agacer. Comme ça tu as vu des pieds immenses, dit Agnès.

— Oui. Des traces dans la neige. C'est peut-être un monstre. Ou mon frère qui veut me jouer un tour.

— Arrête donc de voir des compotes partout, dit John.

— Complots, John, pas compotes, complots.

— Tu es certain que ce n'est pas ton imagination qui te fait voir des choses, Dédé? Parfois un chevreuil se couche dans la neige et y laisse comme un grand trou, suggère Jocelyne.

— Non, c'étaient des pieds. Il faut venir voir.

— Mais bien sûr, on ira. N'est-ce pas qu'on ira? demande Agnès qui n'en a pas du tout l'intention. Mais elle sait par ailleurs que Dédé Lapointe peut faire une crise quand il est contrarié.

C'est à ce moment qu'on entend gratter à la porte.

— Tiens, Notdog. Il doit commencer à avoir froid. Mais pourquoi gratte-t-il? D'habitude, il jappe pour entrer.

Jocelyne se dirige vers la porte, alors que John lance:

— Peut-être qu'il a perdu la voix? Ce ne serait pas trop grave, il jappe aussi mal qu'il est laid.

Jocelyne ouvre et Notdog se précipite à l'intérieur. Il va au salon. Jocelyne lui crie:

— Qu'est-ce que tu me rapportes là? Un cadeau de Noël en retard?

Notdog dépose délicatement sur le tapis moelleux ce qu'il ramenait dans sa gueule.

— Un petit lièvre! s'exclame Agnès. Regardez, il saigne à une patte! Mais comment est-ce qu'il a pu se blesser comme ça?

— Le monstre! suggère Dédé.

Mais qui l'auberge héberge-t-elle?

En plein centre du petit village, juste à côté de la quincaillerie T. Zoutils, se dresse l'auberge Sous Mon Toit.

C'est une vieille maison blanche et chaleureuse. Devant, une file de voitures chargées de supports à skis signale que toutes les chambres sont occupées.

Il faut dire que cette année, la chambre de commerce du village a décidé d'organiser la Fête des neiges, une semaine de réjouissances entre Noël et le Jour de l'An.

Sur la liste des activités, il y a des soirées de danse, de jeux de société et de concours d'amateurs. Il y a des compétitions de patinage, de ski, des courses en traîneau, en bobsleigh et des combats de balles de neige. Il y a aussi le concours de sculpture sur glace et celui de construction de forts. Et vu l'abondance de neige, la semaine se présente déjà comme un franc succès.

Tous les commerçants s'en réjouissent d'avance. Steve La Patate prévoit vendre quelques milliers de hot-dogs, et Joe Auto se prépare à survolter une bonne dizaine de voitures incapables de démarrer à cause du froid.

L'oncle de Jocelyne, Édouard Duchesne, a installé une machine à café dans sa tabagie, histoire de réchauffer les clients. Même que le centre de ski La Pente Raide, s'est assuré de services d'infirmerie supplémentaires, en prévision des jambes tordues.

Bref, tout le village se félicite d'ores et déjà des bonnes affaires, en particulier l'aubergiste, monsieur Bidou.

À l'intérieur de l'auberge, une atmosphère de vacances et de fête règne. Dans le grand salon quelques-uns des pensionnaires dégustent leur café du matin.

Près de la fenêtre, le professeur Roger Prouvette, un monsieur âgé assez sympathique, consulte un ouvrage scientifique.

Nouveau venu dans la région, le professeur se dit spécialiste de l'abominable homme des neiges. Il affirme avoir parcouru le monde à sa recherche, de l'Himalaya aux montagnes Rocheuses, en passant par les montagnes russes. Il s'est finalement installé au village où il croit ferme qu'il trouvera son Homme.

À côté de la cheminée, celui qu'on appelle l'Étranger tient sa tasse entre ses mains gantées de laine, pensif. C'est un très grand homme, assez mystérieux et peu bavard. Il ressemble beaucoup plus à un coureur des bois qu'au comptable qu'il dit être. Personne ne le croit d'ailleurs. Chaque matin, sa chemise rouge à carreaux sur le dos, il part seul dans la forêt. Parfois même, il ne revient que le lendemain. Nul ne sait où il va.

Une grande carte de la région dépliée devant lui, le guide de ski de fond de la région, Phil Lafond, trace son trajet d'aujourd'hui. Les fins de semaine et pendant les vacances, Phil parcourt la campagne environnante avec des touristes inexpérimentés. Jeune et athlétique, c'est la coqueluche du village. Mais Phil ne s'intéresse apparemment qu'au ski.

Puis il y a le roi du cabaret, le serveur aux lunettes épaisses et à la mémoire la plus phénoménale du monde, le champion du calcul mental et de l'addition, Bill. Contrairement à Phil Lafond, Bill s'intéresse vivement à toutes les filles du pays. Le seul problème, c'est qu'elles ne s'intéressent pas une miette à lui.

Bill entre et sort, son plateau chargé de cafés chauds ou de tasses vides. Sur la table du milieu, une tasse tenant lieu de sucrier contient des sachets de sucre et une autre, de la crème 10 %. Monsieur Bidou vient vérifier si ses pensionnaires ne manquent de rien.

— Alors, professeur Prouvette! Belle journée pour la chasse à l'homme des cavernes albinos! Il est bien couvert de longs poils blancs, votre Homme?

— Mon Homme, comme vous dites, cher monsieur Bidou, a un nom. Au Tibet, on l'appelle le yeti.

— Yeti là? Yeti pas là? chantonne Bill, battant la mesure avec une petite cuillère frappant une soucoupe.

— Pas très drôle, monsieur Bill, votre blague est au moins aussi vieille que le yeti lui-même, dit le professeur, avec un regard méprisant à l'endroit de Bill.

Ce dernier prend la direction de la cuisine sans rien répondre, outré. Pour faire diversion monsieur Bidou s'adresse alors à Phil Lafond:

— Puis toi, mon Phil, combien de pauvres touristes vas-tu faire suer aujourd'hui?

Toujours penché sur sa carte, Phil répond:

— Une douzaine de débutants. Mais je pense que je vais leur jouer un tour: je vais les emmener sur la piste d'experts. Bill qui entrait justement avec un torchon pour essuyer la table basse commente:

— Attention Phil, je ne suis pas certain que toi-même, tu sois capable de la faire jusqu'au bout, cette piste-là. Il sort en courant, évitant de justesse l'épaisse mitaine de cuir bleu que Phil lui lançait.

Là-dessus, l'Étranger se lève, toussote et s'apprête à sortir. Monsieur Bidou le salue:

— Habillez-vous chaudement aujourd'hui. Il fait un beau soleil, mais ça va avec les -22 degrés Celsius.

Comme réponse, l'aubergiste reçoit un grognement de l'Étranger qui disparaît vers sa chambre.

— Pas jaseux, jaseux, observe Bill. C'est peut-être lui l'abominable homme des neiges?

— L'homme des neiges ne porte pas de veste à carreaux, précise le professeur, l'air spécialiste.

— Oui, bon, enfin, je vous souhaite une bonne journée, conclut monsieur Bidou. J'espère qu'on vous verra tous au tournoi de jeu de poches ce soir.

Avant même que quiconque ait le temps de répondre, on entend la porte d'entrée s'ouvrir avec grand fracas. Les joues rougies par le froid, John, Agnès et Jocelyne arrivent en trombe dans le grand salon. Essoufflé par la course, John crie presque:

— Avez-vous vu madame Lecoq? Chez elle on nous a dit qu'elle était ici.

— Je crois qu'elle est dans la cour, en train de farter ses skis de fond, dit l'aubergiste.

Aussitôt, les enfants s'élancent. Ils n'ont pas fait trois pas que madame Lecoq, la vétérinaire du village, entre.

— Ah tu es là, Jocelyne! Veux-tu bien appeler ton chien Notdog! Il aboie après moi depuis quatre minutes!

— Il vous cherchait parce que...

Mais Jocelyne est interrompue par la porte qui s'ouvre de nouveau. Dédé Lapointe entre.

— Pourquoi vous ne m'avez pas attendu? Vous vouliez me perdre? C'est ça?

Impatientée, Agnès réplique:

— Mais non, tu cours moins vite que nous, c'est tout!

— Hé! Ho! Ça va faire! Est-ce que quelqu'un peut m'expliquer le pourquoi de tout ce remue-ménage, interroge monsieur Bidou.

Jocelyne dépose doucement la couverture qu'elle serre contre elle. Tout tremblant, le lièvre blessé apparaît.

— Encore un animal blessé! C'est certainement le dixième dont j'ai connaissance depuis moins de deux semaines! s'exclame la vétérinaire.

— C'est Notdog qui l'a rapporté dans sa meule.

— Sa gueule, John, pas sa meule lui souffle Agnès.

Madame Lecoq l'examine avec d'infinies précautions.

— Pauvre petit. Il a la patte complètement écrabouillée.

Le professeur Roger Prouvette s'approche du groupe:

— Écrabouillée, vous dites! Mais pas
de doutes! Voilà bien le comportement
de l'abominable homme des neiges!

Sur la trace des traces

Le lièvre entre bonnes mains, les insé-parables ont suivi Dédé jusqu'à ses fameuses traces.

Rien, évidemment. Et même aucun signe qu'elles y aient déjà été. À la place, des sabots de chevreuil imprimés dans la neige, et une multitude de petites pattes de lapin. Comme s'ils avaient tenu des olympiques ou quelque chose comme ça.

Débiné, le pauvre Dédé fut renvoyé chez lui.

— Il a vraiment trop d'imagination, commente Agnès.

John et Jocelyne acquiescent d'un mouvement de la tête. Car Dédé Lapointe est réputé pour ses inventions de toutes sortes et pour son petit côté paranoïaque.

En effet, Dédé voit partout des conspirations contre lui.

Assis dans le chalet de ski de La Pente Raide, les inséparables sont venus voir les skieurs tomber. Avec beaucoup d'application, ils brassent vivement leur chocolat chaud pour faire fondre la guimauve qui flotte dessus.

Jocelyne boit une gorgée de sa boisson puis, une moustache brune en haut de la lèvre supérieure, demande:

— Vous y croyez, vous, à cette histoire de A.H.N.?

— De quoi? demande Agnès.

— D'Abominable Homme des Neiges!

— Voyons donc, ce sont des histoires pour faire peur aux enfants! Comme celle du B.S.H., dit Agnès.

— Du quoi? demande Jocelyne.

— Du Bonhomme Sept Heures!

— Allez-vous arrêter de parler en aviation?

— En abréviation, John, pas en aviation, reprend Agnès.

À travers la vitre panoramique, le soleil chauffe la grande salle du casse-croûte. Dehors, des dizaines de skieurs bravent le froid et attendent le remonte-

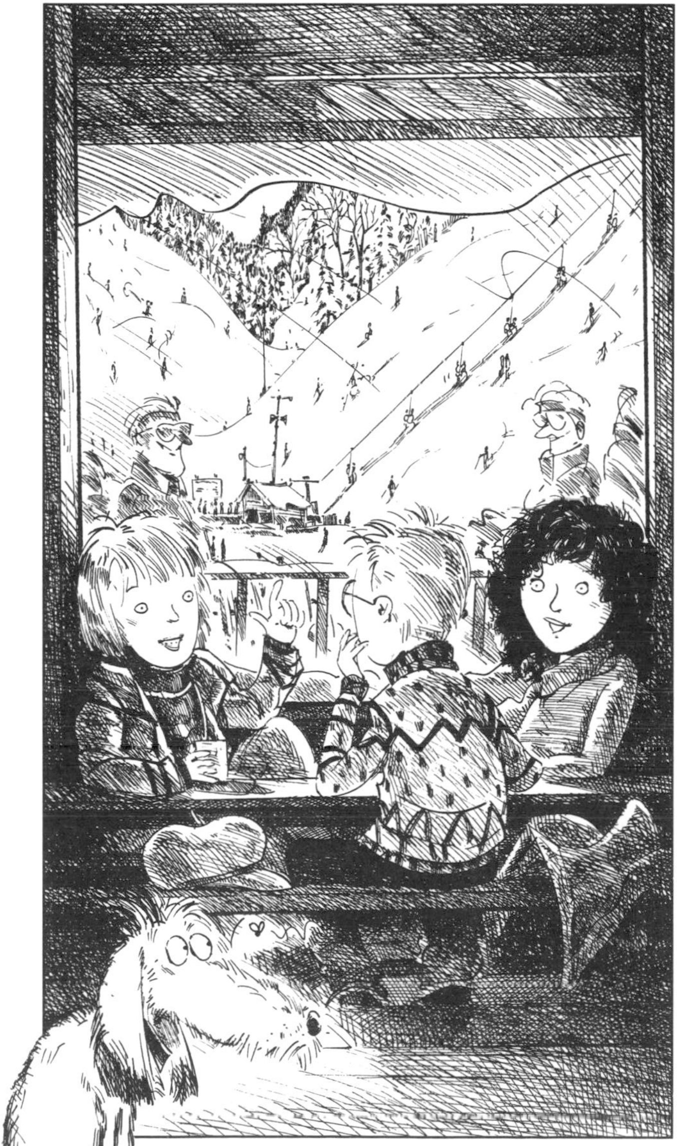

pente. Le temps est si clair que, de leur poste d'observation, les enfants voient la buée sortir de la bouche des sportifs.

— À quoi tu penses, Jocelyne? Tu as l'air sur la planète Mars, dit Agnès.

— Bien, euh, moi j'y crois à l'abominable homme des neiges...

— Ce sont des histoires à coucher dehors! affirme Agnès.

Pas convaincue, Jocelyne tente d'apporter une preuve:

— N'empêche... c'est bizarre, cette série d'animaux blessés.

— Je trouve, moi aussi. Mais de là à accuser un A.H.N... Qu'est-ce que tu en penses, John?

— Je trouve ça bizarre aussi. Vous avez entendu quand Madame Lecoq a dit que Coco Gingras lui avait rapporté un renard la semaine dernière?

— Ça m'inquiète pour Notdog. Et si la même chose lui arrivait? frissonne Jocelyne. Agnès poursuit:

— Si on met de côté l'histoire farfelue du A.H.N., qu'est-ce qui se passe?

Les inséparables réfléchissent. John rompt le silence:

— Dis donc, Jocelyne, ton chien, est-ce qu'il a un peu de chair dans le froid?

— De chair? Bien sûr qu'il a de la chair et même qu'il commence à être obèse.

— Mais non! Je parle de son nez.

— Ah! Tu veux dire du flair! comprend Agnès.

Jocelyne, qui prend personnellement les remarques faites à l'endroit de Notdog, répond un peu sèchement:

— Il est peut-être laid, mais ce n'est pas un coussin! Il peut sentir un os à des kilomètres!

— Bon, bon, je n'ai pas voulu t'insulter. Je me demandais seulement si Notdog pourrait nous emmener où il a trouvé le lièvre.

— On découvrirait peut-être une piste, ajoute Agnès.

— Bien sûr! On aurait dû y penser plus tôt! Bon. Mais il y aura probablement beaucoup de neige, dit Jocelyne.

— Ah non! Dis-moi pas qu'il va falloir chausser mes barquettes!

Et les deux filles de répondre en choeur:

— Tes raquettes, John. On a bien peur que oui...

La route est longue jusqu'au sommet

Une heure sonne au clocher de l'église. Le tintement des cloches est sec et froid, comme le temps.

John, Agnès et Jocelyne ont vite engouffré un sandwich au beurre d'arachide, malgré la note laissée sur le réfrigérateur par l'oncle Édouard disant: «Jocelyne, il y a du jambon, des tomates et du yogourt. Mange comme du monde ce midi! S.V.P.»

Une tablette de chocolat fourré au chocolat ainsi que trois contenants jetables de jus de pomme ont pris la direction du sac à dos de Jocelyne.

La tuque bien enfoncée sur les yeux et les mitaines de nylon super chaudes enfilées, les inséparables chaussent leurs raquettes.

— Pour moi, les raquettes, c'est fait pour le tennis, pas pour marcher dessus, marmonne John, pour l'instant occupé à se figurer comment attacher ses harnais.

— Arrête donc de chialer! Moi non plus je n'aime pas tellement ça mais on ne peut pas marcher dans les bois sans raquettes, réplique Jocelyne, déjà prête.

— Ouais. C'est peut-être juste une question de portique pour s'y habituer, répond John, sans conviction.

— De pratique, John, pas de portique, dit Agnès, avançant de quelques pas pour vérifier la solidité des attaches.

Notdog fait des bonds dans la neige où il adore jouer.

Jocelyne lui lance des balles de neige qu'il attrape au vol et qu'il brise en millions de flocons.

— Tout le monde est prêt? Y compris l'A.C.N.? demande John.

Jocelyne écarquille les yeux:

— L'A.C.N.?

— L'Abominable Chien des Neiges! Ça lui va bien comme surnom, non? Et John pouffe de rire. Tout seul.

— Tu n'es pas drôle... Et Jocelyne

commence à avancer, vexée.

À chaque pas, les raquettes des enfants s'enfoncent creux dans la neige molle avec un chouompf! chouompf! sourd. Le soleil fait tellement briller la surface blanche du champ qu'il faut traverser que les inséparables en sont aveuglés. Au loin, la rangée de sapins verts indique l'entrée de la forêt.

Notdog doit sauter pour avancer car il a de la neige jusqu'au ventre. Jocelyne, experte, progresse rapidement. Agnès, alerte mais novice, traîne un peu mais n'éprouve pas trop de difficultés. Et John tombe à tous les deux pas, évidemment.

Une fois le bois atteint, la neige est un peu moins épaisse, car les arbres l'arrêtent dans sa chute. Les branches des sapins s'affaissent sous son poids et offrent à la vue une image de carte de Noël. Mais en beaucoup plus beau.

Les inséparables ne prennent pas le temps de s'extasier sur le paysage. Jocelyne suit son chien et ne le quitte pas des yeux. Agnès concentre toute son attention sur ses pieds, afin de les garder bien écartés et de les empêcher de se marcher l'un sur l'autre. Et John vient d'échapper ses lunettes, ce qui fait qu'il ne voit strictement rien.

— Regardez! Viens ici, Notdog! Chut! dit soudain Jocelyne.

L'Étranger traverse une clairière éloignée. Sur son dos, il semble porter un poids très lourd, une sorte de hotte bien remplie. Il avance lentement, sans se retourner.

— Je me demande ce qu'il peut transporter là-dedans, chuchote Agnès.

— On le suit? demande Jocelyne.

— On suit qui? Quoi? Qu'est-ce qui se passe? Je vous jure, c'est la dernière fois de ma vie que je marche sur ces affaires-là, se fâche John.

En silence, ils s'approchent. Les traces de raquettes de l'Étranger sont immenses.

— Mais voilà ce qu'a vu Dédé! s'exclame Agnès qui ajoute:

— Pauvre lui! Je comprends bien qu'il ait pu prendre ça pour des traces de monstre!

Ils reprennent leur filature mais Notdog s'arrête soudain. Jocelyne se retourne:

— Tu ne veux pas aller par là?
Wouf!

— Bien sûr! Il veut nous emmener où il a trouvé le lièvre, comme on le lui a demandé. Qu'est-ce qu'on fait?

— Je ne sais pas ce que vous faites, mais moi, je retourne au village! déclare John, décidé, montrant aux filles un de ses harnais cassé.

— Tu ne pourras jamais avec cette neige! doute Agnès.

— Mais oui, je n'ai qu'à marcher dans les traces qu'on a déjà faites. C'est facile. Je ferai des pas de gants!

— Tu vas marcher sur tes mains? blague Jocelyne.

— Mais non, je parle de grands grands pas!

— Des pas de géants, John, pas de gants, le reprend Agnès.

Le temps de discuter, l'Étranger a disparu.

Wouf! Notdog s'impatiente et insiste. Jocelyne et Agnès partent à sa suite. John fait demi-tour, les raquettes sur l'épaule, content d'en être débarrassé.

À 20 minutes de marche de là, elles trouvent un étui de couteau de chasse. Un peu plus loin, c'est un piège qu'elles découvrent. Agnès, qui déteste la chasse et les chasseurs, saisit une branche morte et déclenche le mécanisme de fermeture du piège:

— Voilà. Aucun animal ne pourra s'y prendre.

— La chasse est interdite en cette saison, observe Jocelyne.

Mais Notdog bondit déjà vers le nord. Elles repartent.

Elles marchent longtemps, traversant plusieurs pistes de ski de fond. Elles aperçoivent d'ailleurs le groupe de Phil Lafond, sans Phil.

— Mais où est-il? Il ne peut pas abandonner son groupe comme ça! s'offusque Jocelyne, qui ajoute:

— J'ai faim.

Elles s'arrêtent pour manger le chocolat et boire un jus.

Leurs vêtements sont trempés de sueur. C'est alors qu'elles voient Phil surgir des bois et rejoindre son groupe. Elles n'y font pas attention et redémarrent.

Elles s'enfoncent dans une partie très dense de la forêt où personne ne met jamais les pieds. Elles marchent jusqu'à une pente très abrupte. Notdog commence à l'escalader.

— Oh! Notdog! Où est-ce que tu nous a amenées!? On ne peut pas grimper par ici, c'est trop raide. On n'est pas des chiens, dit Jocelyne, découragée.

— Regarde bien en haut.

Au sommet du rocher, on peut distinguer une cassure dans le roc. En plissant les yeux, les filles s'aperçoivent qu'il s'agit d'une ouverture.

— Ça m'a tout l'air d'une grotte, observe Agnès.

— Oui. Et si on en voit l'entrée d'ici, elle est certainement de très grande taille.

Les deux filles échangent un regard perplexe. Puis, Jocelyne dit, tout excitée:

— Il faut absolument aller voir. Tout à coup l'abominable homme des neiges existe vraiment? Et qu'il est là? Imagine qu'on le découvre! Je vois déjà la tête du professeur Prouvette. Il en serait malade de jalousie.

Agnès garde son calme, comme toujours:

— Jocelyne, s'il te plaît! C'est peut-être une grotte vide, comme bien d'autres. Mais je suis d'accord pour aller voir. Si on passe par le lac Carré, on devrait atteindre le sommet assez facilement. Le lac est sûrement gelé maintenant.

Un rayon de soleil pénètre à travers les branches d'un sapin.

Agnès le remarque:

— Le soleil commence à descendre. Il est bien trois heures. La nuit sera là dans une heure. Il faut rentrer.

— D'accord. Mais on revient demain matin. Et on ne parle pas de notre découverte.

— Bien sûr que non. Sauf à John qui voudra certainement nous accompagner.

— Allez, Notdog! Viens, on rentre. On reviendra demain.

Déçu, Notdog rebrousse chemin. Il était si près du but...

***

De son côté, John, lambin comme toujours, arrive à peine en vue du village. Quelque chose de rouge se découpe sur la neige blanche. Il se penche pour regarder.

— Tiens...

Une discussion discutable

Avec le soleil qui se couche, la neige prend peu à peu une teinte bleue. Des skieurs rentrent à l'auberge Sous Mon Toit. Certains sont visiblement contents de leur journée, d'autres, traînant la patte, jurent qu'on ne les y reprendra plus.

À leur tour, Agnès et Jocelyne pénètrent dans le hall de l'auberge, où l'odeur d'un bon feu de bois les accueille. Elles y retrouvent John, occupé à marquer les points des joueurs de poches qui disputent une partie serrée.

Édouard, l'oncle de Jocelyne, est un de ceux-là. Il se mesure à Roger Prouvette et à Phil Lafond. Le sac de sable dans la main droite, le concurrent n° 2, le professeur, évalue la distance et l'élan qu'il faut pour faire entrer son sac dans le trou des 500 points.

— Tu t'intéresses au jeu de poches, John? demande Agnès en enlevant bottes et manteau.

— Personnellement, je trouve cela absolument débile. Surtout que le prix à gagner est une paire de croquettes.

— De raquettes. Vas-tu arrêter un jour de faire l'erreur?

— L'erreur, c'est de faire de la raquette, point.

C'est alors que Roger Prouvette s'écrie:

— 500! Je l'ai eu! Hé! Hé! Je gagne cette partie-ci. Un à un, monsieur Duchesne.

Juste à ce moment, Édouard Duchesne voit sa nièce Jocelyne:

— Eh bien! Tu as les joues aussi rouges qu'un camion de pompier! Où est-ce que tu es allée comme ça? Au Pôle Nord?

— Oh! On s'est promenées longtemps dans les bois.

— Et pas de grande découverte? continue Édouard.

Jocelyne lance un regard de côté à Agnès, qui lui rappelle, en plissant des yeux, de ne rien dire. Alors, bafouillant un peu, elle trouve enfin quelque chose à dire:

— Oh! On a vu un piège cet après-midi.

Le silence se fait dans la pièce. Le professeur Prouvette s'avance, grave:

— Quelle tristesse! Vous savez, parfois, après le temps de la chasse, des pièges sont oubliés par des chasseurs qui ne savent plus où ils les ont posés. Quel drame!

— C'est peut-être à cause de pièges comme ça qu'il y tant d'animaux mystérieusement blessés? suggère Agnès.

— Et comment s'en sortiraient-ils? Un animal ne peut pas ouvrir lui-même son piège. Sornettes que tout cela! Non, non, cette histoire est reliée à l'abominable homme des neiges.

— On n'y croit pas trop à votre histoire, lance John.

Jocelyne n'a pas le temps de protester et de dire qu'elle y croit que Roger Prouvette prend le bras de John et l'entraîne au salon. Le reste de la compagnie les suit.

— Mon cher... euh, Johanne, c'est ça?

— John, pas Johanne, réplique John, lançant des yeux un appel au secours aux deux filles. Mais elles restent là semblant trouver la situation bien comique. Le professeur enchaîne:

— J'ai parcouru le monde et partout l'abominable homme des neiges a laissé sa trace. Dans les montagnes de Kirghizie, en Asie centrale soviétique. Sur le territoire de la réserve de Kleban-Byk, en Ukraine. Dans le désert de Karakum, en Asie centrale, en République autonome de Komis, au-delà du cercle polaire, en Mongolie et j'en passe!

Prouvette s'arrête pour reprendre son souffle, puis:

— Ici, dans les montagnes de l'Ouest, les Rocheuses, on l'appelle le Sasquatch. On l'a vu au Canada et aux États-Unis.

Mais peu importe le nom, c'est toujours la créature hideuse et sanguinaire qui dévore tout ce qui vit sur son passage.

Agnès l'interrompt:

— Mais comment pouvez-vous être si certain qu'il existe? Vous ne l'avez jamais vu, à ce que je sache!

Sur quoi Bill ajoute en ricanant:

46

— C'est vrai. Vous visez juste au jeu de poches, mais pour attraper le yeti, vous n'êtes pas trop trop fort.

Dans son coin, Phil Lafond, jusque-là silencieux, renchérit:

— Mais oui, professeur, comment ça se fait que vous le manquiez tout le temps?

Roger Prouvette les fusille des yeux:

— Si j'étais vous, monsieur Lafond, j'arrêterais de faire planer des doutes sur ma mission. Car je dirais que de mon côté, je m'interroge sur vos compétences de guide de ski. Ne vous arrive-t-il pas d'abandonner vos groupes parfois? Pourquoi?

Phil Lafond se tait. Et le professeur se tourne vers Bill:

— Et vous, Bill, toujours à rire des autres. On pourrait peut-être vous faire rire jaune en disant que...

Mais voilà qu'Édouard Duchesne intervient:

— Cessez donc de vous disputer comme des enfants! Le lendemain de Noël!

Observant la scène, Agnès pense: «Bizarre, tout le monde semble avoir quelque chose à cacher...»

Roger Prouvette lâche enfin John:

— Vous avez raison, Édouard. Je propose qu'on reprenne notre tournoi de poches. Et vous, les enfants, je vous dis: «Faites attention à LUI et ne vous éloignez pas trop.»

— Moi-même, je commence à y croire à cet homme des neiges. Et je n'ai plus trop envie de m'aventurer dans la forêt, dit Phil Lafond.

— Moi, je souhaite qu'il existe! Et qu'il fasse assez peur aux filles pour qu'elles viennent me demander de les protéger, ajoute Bill, les yeux pleins d'espoir.

C'est alors que la porte s'ouvre. L'Étranger traverse le hall d'entrée, les mains vides. Le silence se fait jusqu'à ce qu'il soit monté dans sa chambre.

Personne n'a le temps de dire un mot que la porte s'ouvre de nouveau, violemment cette fois. La mère de Dédé entre, affolée:

— C'est affreux! Mon fils a disparu!

Certains y laissent leur peau

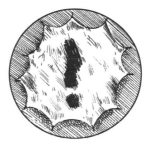

Sorti de chez lui pour quinze minutes après le souper, Dédé n'est jamais rentré. Sa mère l'a cherché partout pendant une heure, sans résultats. Une battue extraordinaire est alors organisée pour le retrouver.

Roger Prouvette prend l'opération en main et distribue le territoire à couvrir. Les enfants s'habillent pour y participer, mais voilà, Édouard Duchesne n'est pas d'accord:

— Pas question que vous sortiez d'ici. Il fait trop froid et trop noir. Vous risquez de vous perdre, vous aussi.

— Mais oncle Édouard, on connaît la forêt bien mieux que toi! insiste Jocelyne.

— Non, un point c'est tout. Le ton d'Édouard Duchesne ne laisse place à aucune réplique.

Les pensionnaires sortent rejoindre au moins la moitié du village déjà massée devant l'auberge.

On peut y voir le maire Michel, monsieur et madame Lapointe, les parents de Dédé, monsieur Vivieux, l'agent d'assurances, les parents de John, Joe, du garage Joe Auto, Steve, de Steve La Patate, Jean Caisse, le gérant de la caisse populaire, madame Leboeuf, la secrétaire de la fourrière municipale, Jeannette Volant, la conductrice de chasse-neige, Josée Haché, la bouchère, sans oublier Mimi Demi, la patronne du Mimi Bar and Grill.

Arrive le chef de police, surnommé le Chef. Pour l'occasion, il a même sorti de sa cellule Bob Les Oreilles Bigras, qui passe l'hiver au chaud pour avoir défoncé la vitrine du magasin 5-10-15 avec sa moto.

John, Agnès et Jocelyne les regardent partir.

— J'y pense! J'avais vu sa mitaine rouge dans la neige, en revenant, dit

John.

— On ne va pas rester là à rien faire! proteste Jocelyne, marchant de long en large dans le hall.

— Ton oncle ne veut pas. Tu vas lui démolir? demande John.

— Lui quoi?

— Lui démolir, ne pas faire ce qu'il veut!

— Ah! Lui désobéir, tu veux dire, reprend Agnès qui continue:

— Ce n'est pas une question de désobéir, mais... Je me demande si Dédé ne serait pas à la grotte qu'on a vue cet après-midi. Surtout si John a trouvé sa mitaine sur le chemin du retour...

— Quelle grotte? interroge John.

Jocelyne répond:

— Une grotte perdue dans les bois, très loin. Je crois que je vois où tu veux en venir, Agnès. Les chercheurs n'iront pas dans cette direction, au début des recherches du moins. Ils ratisseront plutôt autour de chez Dédé.

Agnès acquiesce d'un signe de tête. Jocelyne poursuit:

— Si on y allait directement, on y trouverait peut-être Dédé. Il a pu être enlevé par l'A.H.N. Et la grotte serait son repaire. C'est possible, non?

— Mais non! En tout cas, on ne perd rien à aller voir.

— Et si c'est l'A.H.N., qu'est-ce qu'on fait? s'inquiète John.

Agnès s'impatiente:

— Mais non! C'est impossible! Vraiment, vous deux! Venez.

On revêt manteaux, mitaines, foulards, mocassins... et raquettes. Cette fois-ci, John les chausse sans dire un mot, même s'il doit en attacher une avec une corde.

La troupe des chercheurs est déjà disparue. À peine distingue-t-on au loin quelques faisceaux de lumière provenant des lampes de poche apportées pour se guider dans le noir.

Les trois inséparables prennent la direction du lac Carré.

La nuit, les branches qui craquent n'ont rien de rassurant. Et le sifflement du vent ressemble à un chant de fantômes.

Malgré un ciel sans lune, les étoiles et la neige blanche permettent d'y voir suffisamment pour avancer. Pas besoin de lampe de poche. Après dix minutes, les yeux se font à l'obscurité et chacun s'imagine voir aussi bien qu'un chat.

Jocelyne, Agnès et John marchent en silence. Notdog ouvre la voie et, pour une fois, évite de trop devancer ses amis.

Chacun se dit qu'il n'y a pas de danger, que les ours sont bien endormis jusqu'au printemps, qu'il n'y a pas de bandes de loups si près d'une région habitée. Mais Jocelyne et John doutent. «Si on le rencontre?» pensent-ils.

Le terrain est très accidenté. Ici une crevasse, là une colline, plus loin, un ruisseau à traverser. Mais rien n'arrêtera les inséparables.

Après une marche qui a semblé durer l'éternité, John, Agnès et Jocelyne arrivent en vue du lac Carré. En face d'eux s'étend une grande surface glacée.

— La glace est bien prise, n'est-ce pas? s'inquiète Agnès.

— Ça devrait. Mais pour plus de sécurité, on va marcher près de la rive, décide Jocelyne.

— Ça irait plus vite si on coupait par le centre, suggère John.

Mais les filles refusent. Le lac est gelé depuis peu, le milieu n'est peut-être pas encore trop sûr.

En file indienne, ils posent les pieds sur la glace. Ils enlèvent leurs raquettes pour cette portion du chemin, au grand plaisir de John. On n'entend que le sch! sch! sch! de leurs pas glissant prudemment. Rendus de l'autre côté, Jocelyne dit:

— On ne devrait plus être très loin. Allez, Notdog. Tu te souviens de la grotte où tu voulais nous emmener? Je sais que tu n'es pas passé ici, mais tu dois pouvoir trouver quand même.

Notdog répond à sa maîtresse par un jappement qui a l'air de dire: «Qu'est-ce que tu penses? Évidemment que je vais trouver!» Et il se dirige droit devant lui.

La montée n'est pas trop difficile car de ce côté-ci la pente est douce. Sans faire aucun bruit, ils arrivent enfin près de la grotte, noire et silencieuse. John murmure:

— On n'entend rien. On s'est peut-être trompés.

— Chut! Tout à coup ils dorment? souffle Jocelyne.

— En tout cas, il faut aller voir. J'y vais. Et vous? demande Agnès sur un ton déterminé.

Les trois s'approchent doucement. Rien ne bouge. Arrivés près de l'entrée, ils y jettent prudemment un oeil. Tout est sombre, mais on peut distinguer des ombres bizarres.

— Qu'est-ce qu'on fait? On allume la lampe de poche pour voir? suggère Jocelyne, intrépide.

— On dirait qu'il n'y a personne. Allons-y. Et Agnès allume.

À l'intérieur, ni abominable homme des neiges, ni Dédé Lapointe. Mais des dizaines de peaux de bêtes qui ont été mises à sécher et qui pendent à des cordes.

John émet un sifflement:

— On dirait que notre A.H.N. fait de l'esclavage.

— Du braconnage, pas de l'esclavage, le reprend Agnès.

C'est alors que Notdog commence à grogner. Ils entendent des pas traînants qui approchent. Ils éteignent, se faufilent dehors à toute vitesse et se dissimulent derrière un pin tout proche.

Jocelyne a à peine le temps d'adresser à Notdog un «Chut!» très discret qu'une forme humaine passe devant eux. Puis, de la lumière se fait à l'intérieur de la grotte.

Par une fissure dans le roc, Agnès regarde. Un homme commence à empaqueter des peaux. Elle ne peut s'empêcher de formuler tout bas:

— Lui?

Deux têtes valent mieux qu'une

En expert, Roger Prouvette étale soigneusement les peaux avant de les attacher ensemble. Dehors, derrière les pins, les inséparables chuchotent.

— Dire que même moi, je commençais à y croire à son yeti. Il nous a bien eus! avoue Agnès.

— Il l'a tout simplement inventé pour faire dévier les soupçons. Des pièges comme celui qu'on a vu, il doit y en avoir partout! Et c'est lui qui les a posés, continue Jocelyne.

— Il faut avertir le chef de police, dit John.

Agnès hésite:

— Oui, mais il est avec le groupe de chercheurs.

Jocelyne propose alors:

— Justement, il est dans les bois, donc pas trop trop loin. On devrait pouvoir le trouver. Mais un de nous doit rester ici, au cas où le professeur s'envolerait. Il pourra le suivre.

John n'hésite pas une seconde:

— Je vais rester. Vous irez plus vite que moi en raquettes.

Jocelyne acquiesce:

— D'accord. Notdog restera avec toi. Si jamais il arrivait quelque chose, tu n'as qu'à lui dire: «Va, va chercher Jocelyne.»

Elle se tourne ensuite vers son chien:

— Toi, tu fais tout ce que John te dit de faire, compris?

Pour lui montrer qu'il a compris, Notdog lui donne la patte.

Les deux filles sortent de leur cachette en silence. Puis, elles s'enfoncent dans la nuit.

De son côté, John s'est approché de la fissure pour bien surveiller Roger Prouvette. Il pense: «Pourvu qu'elles reviennent avant que le professeur digresse!» Mais il n'y a personne près de lui pour lui dire:

— Disparaisse, John, pas digresse.

Jocelyne et Agnès ont déjà fait un bon bout de chemin lorsqu'elles aperçoivent Phil Lafond. Jocelyne crie:

— Phil! Par ici!

En une minute, Phil est à côté d'elles.

— Mais qu'est-ce que vous faites là, vous deux? On vous avait défendu de sortir! C'est ton oncle, Jocelyne, qui sera furieux.

Mais Agnès l'interrompt:

— Écoute, Phil, c'est grave! Il faut trouver le Chef. Roger Prouvette fait du braconnage!

Phil la regarde fixement, stupéfait:

— Quoi? Le professeur serait un vulgaire braconnier? Où ça? Montrez-moi où il est que je lui fasse son affaire!

— Là-haut, juste après le lac Carré, dans une grotte, explique Agnès.

Phil réfléchit rapidement:

— Écoutez-moi bien. Vous allez venir avec moi, me montrer le chemin. Une fois sur place, à nous trois, on arrivera bien à le capturer. Alors que si on perd du temps à trouver le Chef, c'est peut-être fichu.

Ni Agnès, ni Jocelyne n'ont la chance

de lui dire que John est là à surveiller. Car Phil les devance déjà:

— Alors vous venez? Il faut faire vite!

Les deux filles font demi-tour. Pas un mot n'est échangé pendant le parcours. En tête marche Jocelyne, suivie d'Agnès, suivie à son tour de Phil Lafond. Avec la nuit noire, on distingue à peine les traces que les inséparables ont laissées, deux fois déjà.

Dans la grotte, Roger Prouvette a empaqueté la moitié des peaux.

En entendant des pas approcher, John, prudent, retourne dans sa cachette avec Notdog, lui soufflant: «Chut!» Les pas s'arrêtent à deux mètres.

— Alors c'est ici? dit Phil, à voix haute.

— Pas si fort, Phil, il pourrait nous entendre, chuchote Agnès.

Tombe alors un drôle de silence. Et un sourire mauvais apparaît sur les lèvres de Phil Lafond.

— Merci, mesdemoiselles, de m'avoir conduit à cette grotte que je connais bien. Puis, appelant: «Roger! Viens voir les deux fins renards que je t'amène!»

Jocelyne et Agnès essaient de fuir

mais en vain. Phil leur barre la route avec un argument très convaincant, un couteau de chasse. Roger Prouvette sort:

— Eh bien! Tu en as mis du temps, Phil!

— Difficile de se sauver du groupe sans que quelqu'un s'en aperçoive. Régarde ce que j'ai attrapé. Un peu plus et elles tombaient sur le Chef lui-même. Car la troupe se dirige de ce côté-ci.

Le professeur prend un air inquiet. Phil le rassure:

— Ne t'en fais pas, ils n'iront pas plus loin que le lac.

Le professeur s'approche:

— Hum! Des renards? Je ne sais pas, je dirais plutôt des cervelles d'oiseaux pour s'être mis les pieds dans les plats comme ça. Mais où est votre copain, euh... Johanne?

Agnès pense vite:

— Il est resté au village. Ses harnais de raquettes sont brisés.

Les deux hommes éclatent d'un grand rire. Phil enchaîne:

— Une nuisance de moins. Avancez.

Prouvette et Phil poussent Agnès et Jocelyne à l'intérieur.

De sa cachette, John, éberlué, a du mal à contenir Notdog. Le pauvre chien voudrait aller mordre ceux qui maltraitent sa maîtresse. Mais il obéit à John. C'était l'ordre de Jocelyne.

John remercie ciel et terre et mer et tout d'avoir attendu avant d'indiquer sa présence. «Un sixième sens», pense-t-il. Puis, il attache avec soin ses raquettes, espérant que la corde tiendra bon.

— Notdog, c'est à nous de jouer maintenant. Toi, tu ne bouges pas d'ici. Tu restes caché jusqu'à ce que je revienne et que je te dise de sortir de là. Je ferai le plus vite que je peux.

Et John part en direction du lac.

Échec et mat

— Dédé? Où es-tu?

À mesure que John avance, les appels de la troupe lui parviennent en écho. Son coeur bat fort et le vent lui fouette les joues. Mais il continue sa course sans même s'arrêter pour reprendre son souffle.

Les voix le guident. Courbé, il regarde ses pieds en marchant et s'étonne de ne pas tomber. Et c'est sans s'en rendre compte qu'il fonce tête première dans un des chercheurs, Bill.

— John? Tu n'es pas censé être à l'auberge, toi?

— Oui, mais il se passe quelque chose de très grave.

Bill l'interrompt:

— Si tu ne rentres pas immédiatement, il VA se passer quelque chose de très grave. Avec tes parents, cette fois. Imagine si tu étais tombé sur ton père? Tu aurais passé le reste de tes vacances à regarder des affiches de patineurs au lieu de patiner toi-même! Tu...

— Arrête, Bill, je sais tout ça. Mais je te dis, c'est super grave.

— Quoi?

— Roger Prouvette et Phil Lafond font du braconnage!

— Pardon?

— C'est vrai! Ils sont là-haut dans une grotte. Et en plus ils tiennent Jocelyne et Agnès particulières!

Bill hésite une seconde:

— Prisonnières, tu veux dire?

— Oui c'est ça. Vite, il faut faire quelque chose!

— Il ne manquait plus que ça! Viens-t'en, on va les délivrer de là. Pas de temps à perdre. Tu dis là-haut, mais où?

— Juste de l'autre côté du lac. Suis-moi.

Et John refait la route en sens inverse, avec Bill.

Il traîne un peu la patte, se penche souvent pour resserrer la corde de sa raquette. Elle commence à s'user et menace de se rompre. Bill l'attend, s'impatiente. Finalement, ils arrivent en vue de la grotte.

— C'est là-haut, John?

— Oui.

Et ils montent, Bill à grandes enjambées, John à grand-peine. La corde lâche.

— Enlève tes raquettes. Je vais t'aider.

Et Bill le tire jusqu'en haut. En fait, il le tire jusqu'à l'entrée de la grotte. Roger Prouvette et Phil Lafond se retournent vivement. Alors, Bill ouvre la bouche et dit:

— Il s'en est fallu de peu qu'on soit découverts. Et par des enfants en plus!

Il y en a encore combien comme ça?

En bon chien obéissant qu'il est, Notdog n'a pas bougé de son poste. John lui avait bien ordonné de rester là jusqu'à ce que lui-même lui dise de sortir. Mais voilà, John est passé devant lui sans un mot.

Le fait est que Notdog commence à avoir sérieusement froid au derrière. Malgré un poil épais et tout cotonné, il faut bien le dire, à rester aussi longtemps assis dans la neige, ça finit par geler.

Et puis Notdog est laid, mais pas fou. Il sait qu'il se passe quelque chose d'anormal. Il a faim aussi. Il rentrerait bien chez lui, au chaud, devant un bol de pâté pour chien, à saveur de boeuf et fromage, disons.

Dans sa petite tête de chien, ça travaille.

À l'intérieur, les trois inséparables sont encore sous le coup de la stupeur. Décidément, tout le monde est coupable.

«Lequel sera le prochain? Et si tout le village, le maire Michel et même monsieur Bidou étaient dans le coup?» se demande Agnès, en silence.

De son côté, Jocelyne réfléchit au meilleur moyen de se sortir de là. «Ça va être coton! Il n'y a qu'une seule issue. On a beau ne pas être attachés, entre nous et la sortie, il y a trois hommes prêts à bondir si on fait la moindre tentative.»

Quant à John, il se pose intérieurement une question d'importance: «Comment est-ce que trois personnes aussi sympathiques, que j'aime bien, peuvent être aussi crues?»

Évidemment, ce qu'il veut dire c'est cruelles mais encore une fois, personne ne peut reprendre cette erreur-là.

Phil Lafond s'approche d'eux:

— Alors, on aime faire de l'exploration... le sport, c'est bon pour la santé, mais il ne faut pas aller trop loin.

De sa place, Bill enchaîne:

— Dans votre cas, ça va être très mauvais pour votre santé. Pauvres enfants qui se seront pris dans des pièges. Hon!

Roger Prouvette interrompt sa besogne:

— Non, pauvres enfants qui auront rencontré l'abominable homme des neiges plutôt! Il n'aura fait d'eux qu'une bouchée. Si ce n'est pas triste...

Jocelyne murmure alors:

— Moi qui y croyais.

Le professeur éclate de rire:

— Idiote! Il n'y a pas plus de yeti sur terre que de soucoupes volantes dans les airs!

Juste à ce moment, une grande secousse se fait sentir. Un amas de neige s'effondre devant l'entrée. Chacun reste immobile.

Après quelques secondes, le calme revient. Phil ouvre la bouche:

— Vous croyez que c'est un tremblement de...

Il n'a pas le temps de finir sa phrase qu'une autre secousse se produit, plus forte cette fois-ci. On dirait qu'un géant saute sur la grotte. Des fissures se créent et des pierres tombent du plafond de la caverne. Les trois hommes deviennent livides, figés. Bill crie, paniqué:

— On va rester pris ici! C'est un tremblement de terre!

Encore une secousse. Entre les inséparables et les trois hommes, des pierres et du sable qui tombent font comme un rideau.

C'est le temps ou jamais. Un échange de coup d'oeil et les enfants tentent de fuir. Fonçant tête première, ils se précipitent dehors, espérant qu'à la sortie, ce ne soit pas une crevasse qui les attende.

En les voyant surgir, Notdog décide de quitter sa cachette, ordre, pas ordre.

— Viens, mon chien, crie Jocelyne sans se retourner, courant droit devant dans la neige épaisse.

Le calme revient. Avec lui, les trois hommes retrouvent leur raison.

— Ils ont filé, les petits vauriens, dit Prouvette.

— Il faut admettre qu'ils ont plus de courage que nous, réplique Bill, admiratif.

— En as-tu d'autres comme ça? Ils vont nous dénoncer et toi, tout ce que tu trouves à dire c'est qu'ils sont courageux! s'indigne Prouvette.

Mais déjà, Phil Lafond se précipite à leur poursuite:

— Le temps de vous quereller, ils prennent de l'avance.

Bill s'apprête à suivre Phil:

— Ne t'en fais pas, on les rattrapera. On a de plus grandes jambes et ils sont épuisés. Toi, Roger, tu finis d'empaqueter. Et file le plus vite possible.

Non loin de là, Notdog fait brusquement demi-tour. Il se dirige droit vers Phil et Bill qui, dans le noir, ne le voient pas venir. Il passe entre les jambes de Phil qui tombe et roule dans la neige. Puis, il prend une bonne mordée dans la cheville de Bill qui se met à hurler. Et rapide comme l'éclair, Notdog retourne vers les inséparables, en riant on dirait.

Face au lac, les enfants décident de le traverser en ligne droite. Pas question de perdre du temps en longeant la rive.

— On croise les doigts et on se fait le plus léger possible, lance Jocelyne qui traverse en tête de file.

Agnès la suit, quelques mètres derrière. Il faut diviser le poids pour que la glace les supporte tous les quatre. Jocelyne crie à ses amis:

— Faites attention. La glace est solide de ce côté-ci, mais elle a l'air mince juste un peu plus loin.

Elle glisse avec beaucoup de précaution. De même pour Agnès. Notdog arrive et poussé par son élan, il glisse d'un trait sur au moins le tiers du lac. Le reste est plus difficile. Sur le lac, c'est déjà un problème d'avoir le contrôle de ses deux jambes, avec quatre pattes, cela tient de l'acrobatie.

John, qui ferme la marche, s'amuse beaucoup à regarder Notdog tomber. Ce qui le fait dévier un peu de sa route.

Crack!

John s'immobilise. Un petit filet d'eau passe entre ses pieds. Il tente de faire un pas.

Crack! Un nouveau filet d'eau.

De l'autre côté, les deux filles se retournent.

— Mais qu'est-ce qu'il fait là? On n'a pas de temps à perdre! dit Jocelyne.

Notdog, à mi-chemin entre elles et John, aboie.

— Il se passe quelque chose. Ah non! La glace doit céder! Et Agnès rebrousse chemin. Jocelyne la suit:

— On va attacher nos foulards ensemble, ça fera une assez longue corde... Juste au cas...

John essaie encore un pas.

Crack! Une fissure apparaît.

Agnès l'appelle:

— Ne bouge pas. On fait le plus vite qu'on peut.

C'est alors que l'Étranger apparaît sur la rive.

— Ah non! Pas encore un autre! lance Jocelyne exaspérée.

Mais quitte à se faire capturer de nouveau, elles vont sauver leur ami. Mieux vaut mourir tous les trois ensemble sous la main des braconniers, que d'abandonner John.

Crack! La glace cède pour de bon. John s'enfonce dans l'eau.

— Tiens bon! Agrippe-toi au bord, on est presque là! crie Agnès.

L'eau pénètre au travers du manteau, des bottes et des pantalons de John, ce qui l'alourdit considérablement. Il se cramponne de toutes ses forces mais l'eau glacée commence déjà à l'engourdir.

Il reçoit sur la tête la corde-foulard

confectionnée par les filles mais n'arrive pas à l'attraper. Rapide comme un renard, Notdog s'élance, prend la corde dans sa gueule et va la déposer dans les mains de John. À plat ventre sur la glace, les filles commencent à tirer. Même Notdog s'y met.

Pendant ce temps, l'Étranger s'approche d'eux.

— Je ne peux plus bouger les jambes! crie John.

— Fais un effort! Tu y es presque! répond Agnès.

De toutes leurs forces, Agnès et Jocelyne tirent. Elles ne se croyaient pas si fortes. La glace se brise autour de John. Mais voilà qu'enfin son corps sort à moitié de l'eau.

— Encore un peu, Jocelyne, et on l'a.

Elles tirent, suent, leurs vêtements se mouillent. Elles sont écarlates de froid et d'effort. L'Étranger n'est plus qu'à quelques mètres. Agnès compte:

— Un, deux, trois, allez!

Et le corps de John sort de l'eau.

Elles le tirent jusqu'à elles. John est complètement mouillé et transi de froid. L'Étranger arrive à leur hauteur:

— Bravo, les filles. Je vais le transporter jusqu'au bord. J'ai une couverture dans mon sac. Il faut vite le mettre au chaud.

Il prend John dans ses bras. Agnès et Jocelyne le suivent.

De l'autre côté de la rive, apparaissent Phil et Bill.

— Parfait, Bernie est là, dit Bill. Ils s'avancent vers eux.

L'Étranger enlève à John ses vêtements mouillés, lui enfile deux de ses chandails et une de ses paires de bas. C'est d'ailleurs avec étonnement que les filles se rendent compte qu'il en porte plusieurs épaisseurs. En fait, il est tout maigre en dessous. Il enroule John dans la couverture. Jocelyne voit venir Bill et Phil et dit en soupirant:

— Voilà vos complices qui arrivent.

— Complices? Quels complices? demande l'Étranger étonné.

— Vous n'êtes pas braconnier, vous aussi? demande Agnès.

— Bien sûr que non! Moi, tuer un animal? Jamais!

Tout près, Bill s'immobilise:

— Merde! Ce n'est pas Bernie! J'ai

80

mal vu, je n'ai pas mes lunettes!

Bill et Phil se sauvent à toute vitesse.

Des clameurs leur parviennent. Quelques-uns des chercheurs arrivent de ce côté. L'Étranger leur crie:

— Attrapez-les! Ce sont des braconniers! Ils sont partis par là!

Les chercheurs s'élancent à leurs trousses. Subitement, une voix très éloignée leur parvient faiblement:

— On a retrouvé Dédé! On a retrouvé Dédé! Rentrez au village!

Tout tremblant, d'une voix chevrotante, John dit:

— Dans la grotte, on a oublié nos brochettes.

— Nos raquettes, John, nos raquettes. Mais ce n'est pas grave, le reprend Agnès, avec un sourire tendre.

La vérité sort souvent de la bouche des enfants: vrai ou faux?

Dans le salon de l'auberge, madame la vétérinaire s'affaire autour de John et de Dédé. Le docteur étant parti en vacances au soleil, madame Lecoq a été désignée comme la personne la plus compétente pour prendre soin d'eux.

Déformation professionnelle? Madame Lecoq les appelle «mon petit chat» ou «mon pitou».

L'aubergiste leur apporte tisanes et sucreries pendant que tous deux se réchauffent près du feu. Entourés de leurs parents respectifs qui les cajolent et les minouchent, nos deux amis apprécient intérieurement leurs moments de gloire.

Dédé, jusqu'ici, n'a rien dit sur sa disparition. Mais la première observation que tous ont faite, c'est que John est bien plus mal en point que lui.

Phil Lafond et Bill ont été bien vite rattrapés par le Chef et Jeannette Volant, la conductrice de chasse-neige. À elle seule, elle les a maîtrisés tous les deux pendant que le Chef essayait autant comme autant d'ouvrir ses menottes gelées.

Quant à Roger Prouvette, c'est Joe, du garage Joe Auto, qui l'a cueilli alors qu'il tirait péniblement un traîneau rempli des peaux de la caverne. Et comme Joe peut soulever de terre un moteur quatre cylindres d'une seule main, le professeur n'a pas résisté longtemps.

Un certain Bernie a également été arrêté au village voisin, alors qu'il attendait paisiblement au volant d'une camionnette.

— Je l'ai vu! dit soudainement Dédé.

— Vu quoi, mon petit chou? demande doucement sa mère.

— Le bonhomme des neiges.

Le silence se fait dans la pièce. On n'entend que le feu qui crépite. Tous les chercheurs s'approchent. Dehors, tout est calme. Éclairée par les lumières de Noël de l'auberge, la neige brille de reflets multicolores.

— Tu veux dire l'abominable homme des neiges, Dédé, précise Jocelyne, venue s'asseoir près de lui.

La mère de Dédé lève les yeux au ciel:

— Tu dois être fiévreux.

Elle lui touche le front. Température normale.

— Non, maman. Je l'ai vu. Il m'a amené dans sa grotte.

— Et vous avez joué au train électrique, je suppose? ricane monsieur Bidou.

Très sérieux, Dédé continue.

— Il n'y a pas d'électricité dans une grotte, monsieur Bidou. Non, on a parlé. Il m'a dit de ne pas avoir peur de lui. Il était bien gentil. Ce n'est pas vrai qu'il mange les personnes et les animaux. Moi non plus, je n'en mangerai plus jamais. C'est lui qui libère les animaux des pièges. C'est vrai! C'est pour ça qu'on en trouve des fois, blessés. Il est immense et tout blanc. Bien, euh, un peu jaune parce qu'il ne se lave pas souvent. Peut-être que je devrais faire comme lui?

— Tu penses? demande sa mère, sur

un ton ironique.

— Je le savais que tu ne voudrais pas. Et Dédé se tait.

— Cet enfant a une imagination très fertile, madame Lapointe. Vous devriez en faire un écrivain quand il sera grand, suggère Mimi Demi, la patronne du Mimi Bar and Grill.

C'est alors que monsieur Bidou offre une tournée:

— On l'a bien méritée.

Et chacun se dirige vers le bar. Seuls restent Dédé, sa mère, Agnès, Jocelyne, John et son père.

— Personne ne me croit jamais.

— C'est un peu tiré par les chevaux, ton histoire, dit John.

— Les cheveux, John, pas les chevaux, reprend Agnès.

— C'est vrai je vous dis! Même que demain, je vous amène à sa grotte si vous voulez. J'espère que ça ne le dérangera pas.

Madame Lapointe, horrifiée, prend la parole:

— Tu n'iras nulle part demain.

— Si ça peut lui faire plaisir, on ira avec lui. Et je vous promets qu'on ne le

quittera pas une seconde, propose Jocelyne, la seule à croire Dédé.

— Dis oui, maman!

Le père de John parle alors, avec son
fort accent anglais:

— Tu sewrait peut-êtwre mieux de
gawrder le lit, John.

— Je suis déjà en bleine forme, baba,
répond-il, le nez bouché.

À ce moment-là, l'Étranger fait son
entrée, cocktail à la main, habillé d'un
costume de ville, et s'adresse à John:

— Alors ça va mieux, mon garçon?

— Bas mal mieux. J'ai arrêté de tribler.

— Trembler, John, pas tribler, souffle
Agnès.

— On a vraiment pensé un moment
que vous étiez dans le coup, vous aussi.
Et euh... ça vous amincit, un costume,
commence Jocelyne.

L'Étranger s'assoit:

— Je ne ferais pas de mal à une
mouche. Et puis, j'essayais d'avoir l'air
costaud. Vous savez, je suis vraiment
comptable. Mon nom est Réjean Comptant. Pour la période des vacances, j'ai
décidé de m'habiller en coureur des bois,

juste pour me faire plaisir, m'imaginer que j'étais autre chose qu'un comptable. Ça fait du bien de changer de vie parfois.

— Et votre sac à dos? Il y avait quoi dedans? demande Agnès.

— Une couverture, un sac de couchage et de la nourriture. Je suis incapable de passer une heure sans manger. Ça semble farfelu, puisque je suis maigre, mais j'ai toujours faim.

Réjean Comptant hésite, puis:

— Euh... je ne veux pas te contredire Dédé, mais... tu sais, moi aussi, j'ai souvent libéré des petits animaux pris au piège. Je ne prétends pas que ton histoire est fausse, non, mais je tenais à le dire. Voilà.

La mère de Dédé envoie à Réjean Comptant un sourire plein de gratitude. Dédé, à la fois surpris et décontenancé, le fixe droit dans les yeux et n'ajoute rien.

Agnès, John et Jocelyne regardent ailleurs, gênés.

La fin

Le lendemain matin, tout le village s'est levé un peu plus tard que d'habitude. À l'exception de l'oncle de Jocelyne qui s'est toujours fait un point d'honneur d'ouvrir sa tabagie à l'heure.

Ce 27 décembre est couvert et de gros nuages gris et lourds annoncent de la neige très bientôt. Il fait un peu plus chaud et la neige colle aux skis.

Sur la piste d'experts de La Pente Raide, plusieurs skieurs filent déjà à toute allure. Sur celle des débutants, d'autres descendent en chasse-neige en se disant qu'ils auraient dû rester chez eux à jouer au parchési.

À l'auberge, un nouveau garçon est entré en service ce matin même. Il s'agit de Raymond Cash, le fils de l'agent immobilier et de la directrice des services municipaux. Après deux heures de travail, il en est déjà à sa dixième tasse renversée.

À la prison du village voisin, Roger Prouvette, Phil Lafond et Bill se querellent.

— C'est ta faute aussi! Si tu avais mis tes lunettes, on ne se serait pas jetés dans la gueule du loup, dit Phil.

— Oui, mais dehors, ça fait de la buée dans les lunettes, se défend Bill.

— Un jour j'aurai leur peau à tous, marmonne Prouvette qui décidément ne pense qu'à ça.

Enfin chez Jocelyne, les inséparables ont recommencé l'opération trous de beignes plongés dans le sucre à glacer.

Jocelyne est encore en pyjama, avec ses fameuses pantoufles en pattes d'ours. Agnès, en jean et col roulé, avec un livre sur l'abominable homme des neiges trouvé dans la bibliothèque de ses parents. John, habillé de dix-huit épaisseurs de vêtements, condition imposée par ses parents pour le laisser sortir. Et enfin Notdog, qui attrape au vol des morceaux de beignes que chacun lui lance.

Jocelyne, la bouche pleine, commence:

— J'ai demandé à mon oncle s'il avait ressenti, hier, les deux secousses du tremblement de terre. Il a dit non.

— Ma mère aussi. Alors je lui ai demandé d'appeler les services météorologiques. Ils n'ont rien enregistré du tout.

— C'est bas bossible, dit John, très enrhumé.

Agnès réfléchit tout haut:

— C'est curieux. On n'est pas fous, quand même. C'était vraiment comme si la grotte avait tremblé deux fois. Qu'est-ce que ça peut être à votre avis?

— L'A.H.N.? suggère Jocelyne.

— Tu sais bien que Roger Prouvette avait monté toute cette histoire pour couvrir ses activités de braconnage, dit Agnès.

Jocelyne réplique:

— Alors comment expliques-tu un tremblement de terre qui n'a jamais eu lieu? Moi, je crois que c'est l'abominable homme des neiges de Dédé qui est venu nous sauver.

On sonne. Notdog se précipite, suivi de Jocelyne. Apparaissent Dédé Lapointe et sa mère.

— Bonjour, Jocelyne. Dédé tient absolument à vous montrer sa fameuse grotte. Pas moyen de lui enlever ça de la tête. Enfin, j'espère que ça lui passera, ces histoires de fou. Je peux vous le confier?

— Pas de problème. Faites-nous confiance, on ne le quittera pas deux secondes. Et on vous le ramènera après la petite excursion.

Madame Lapointe repart, rassurée. Dédé ne bouge pas du vestibule:

— Alors, vous venez?

— Déjà?

Jocelyne s'habille en vitesse et en un rien de temps, la troupe est dehors.

Ils marchent à peine une demi-heure qu'ils arrivent en effet en vue d'une grotte dont personne ne connaissait l'existence. Ils avancent prudemment, guidés par un petit Dédé confiant. Ils hésitent un peu à l'entrée et finissent par y pénétrer.

La grotte est complètement vide.

— Je vous dis que c'était ici! Il était là, immense, gentil. Il a même fait un feu ici, au milieu. Dédé s'avance.

Ni bois calciné, ni braise, ni cendre,

rien.

— Bon allez, on repart, décide Agnès.

— Je l'ai vu! Je lui ai parlé! C'est vrai, je vous le jure!

— Mais oui, on te croit. Il est reparti, c'est tout. C'est avec un profond soupir qu'elle essaie de réconforter Dédé. Elle est si déçue. Elle avait conservé jusque-là un certain espoir. Elle y croyait, elle.

Sur le chemin du retour, la neige commence à tomber. Agnès, Jocelyne et John marchent en silence. Dédé les suit. De grosses larmes tombent de ses yeux et laissent sur ses joues une petite trace de glace.

Derrière la rangée de sapins qu'ils longent, des traces immenses se dirigent vers le nord. Mais les enfants passent à côté sans les voir.

Dans une heure, elles seront effacées par la neige.

Achevé d'imprimer
sur les presses des Ateliers des Sourds Montréal (1978) inc.
3e trimestre 1988